La nuova ragazza

Jennifer Degenhardt

translated and adapted by
the students in Anna Porto's
Italian 3H class 2020-2021,
West Haven High School (CT)

edited by Katie Cannamela &
Valentina Ciuffreda

DEDICA

This version of the story is dedicated to the memory of Louis Bruno, a kind-hearted and brilliant teacher of Italian for decades.

INDICE

RINGRAZIAMENTI

Thank you to Anna Porto, Italian teacher at West Haven High School in Connecticut, for reaching out during the long, dark days of the pandemic and asking if she could embark on the journey of translating and adapting this story with her students. I am indebted to her and the following students in her Italian 3 Honors class who rose to the challenge of this project – all during a most challenging year.

Alison Baca
Luis Berrios
Roberto Ceja
Ashley Cho
Shane Glover
Brian Gomez
Eric Massaro
Joe Zhuno

Grazie also to Katherine Archambault who handily, but SO beautifully created the artwork for the cover of the book. I am pleased that Katherine's work graces the book that is dedicated to the memory of her late grandfather.

And to Katie Cannamela and Valentina Ciuffreda for their editing skills. I am grateful to their expertise in Italian and copyediting to help me get this book ready for publication.

Capitolo 1
Cooper

Mi chiamo Cooper e ho diciassette i. Sono
di Westerly, Connecticut. Sono alto, a non
molto alto, magro e anche atletico. Miace
il calcio e mi piace anche l'hockey. Io prico
gli sport a scuola.

Mi piace anche la musica rock e la musica
pop. Non mi piace la musica classica. Mi
piace moltissimo mangiare. Mi piace il cibo
italiano e il cibo cinese. Non mi piace il cibo
giapponese. Il mio ristorante italiano
preferito è Skappo e il mio ristorante cinese
preferito è Wah-Chun a New Haven.

Vivo con la mia famiglia a Westerly. Ci sono
cinque persone nella mia famiglia: io, mio
padre, mia madre, mia sorella, e mio
fratello. Mio padre si chiama Chip e ha
quarantasette anni. Mia madre si chiama
Mitzi e ha quarantacinque anni. Mia sorella si
chiama Caitlin e ha quattordici anni. Il mio
fratellino è Sam e ha undici anni. La mia
famiglia vive in una casa molto grande con sei

camera letto. La casa è bianca. La mia famiglia ha tre macchine. Mio padre ha una macchina, mia madre ha una macchina e anche io ho una macchina.

Sono uno studente al liceo di Westerly. Anche mia sorella è una studentessa lì. Mio fratello è uno studente della Scuola Media Harris. Mio padre lavora in una banca a New York City come direttore. Mia madre non lavora, ma fa volontariato locale.

Capitolo 2
Beatrice

Io sono Beatrice e ho sedici anni. Vengo dall'Italia, ma ora vivo a Westerly. Originariamente la mia famiglia è di Napoli, una città del sud d'Italia. Siamo negli Usa da sette anni. Sono nuova a Westerly. Sono molto bassa. Non sono grassa ma non sono magra. Mi piace molto il calcio. La mia squadra preferita è la Nazionale italiana. Mi piace, no... io amo il cibo! Il cibo preferito della mia famiglia è tutto italiano. Ovviamente! Mi piace la zuppa di pesce. Mi piace anche il pollo alla romana, ma adoro due piatti italiani: la bistecca fiorentina e la polenta.

Vivo con la mia famiglia in un piccolo appartamento a Westerly. Nella mia famiglia ci sono sei persone. Vivo con mio padre, mia madre e i miei fratelli. Mio padre si chiama Marcello e mia madre si chiama Angela. Mio fratello si chiama Francesco. Francesco ha diciannove anni e studia all'università locale. L'università si chiama UCONN. Francesco lavora con mio padre per pagarsi l'università. Una delle mie sorelle si chiama Pina (il suo

4

nome vero è Giuseppina) e l'altra sorella si chiama Mariangela. Pina ha dodici anni e Mariangela ha otto anni. Pina frequenta la scuola media Harris e Mariangela frequenta la scuola elementare Pierson.

Mio padre lavora per una compagnia di costruzioni chiamata Baybrook, a New Haven. Francesco lavora con il papà durante il fine settimana. Mia madre è una donna delle pulizie e pulisce le case delle famiglie a Greensboro. Lavora dal lunedì al venerdì.

La nostra famiglia ora abita a Westerly perché le scuole sono buone.

Capitolo 3
Cooper

Il primo giorno di scuola è tra due settimane. Ho bisogno del materiale scolastico. Quest'anno ho molte classi nuove: matematica AP, scienze AP, storia degli Stati Uniti, letteratura, e spagnolo V. Non ho lezioni d'arte perché non mi piace l'arte. Mi piace la musica, ma non ho la classe di musica. Devo andare in cartoleria, da Staples. Vado in macchina a comprare il materiale scolastico. Ho bisogno di quaderni, carta, matite, penne, e di una calcolatrice nuova. Vado da Staples con la mia jeep e ascolto una canzone alla radio. La canzone si chiama *Stand by Me*.

Capitolo 4
Beatrice

È una bellissima mattina d'estate.

—Mamma, vado a lavorare in pizzeria, Ciao.

—Ciao Bea!

Adesso prendo l'autobus per andare al lavoro. Io sono una cameriera alla Pizzeria Zuppardi. Lavoro con altre persone italiane. C'è un ragazzo che si chiama Raffaele e lui è di Livorno. Anche suo fratello Roberto lavora qui. C'è anche una donna che si chiama Francesca e lei è romana. Mi piace parlare l'italiano con loro.

Dopo il lavoro io prendo l'autobus per Staples perché non ho una macchina. Devo comprare alcune cose per la scuola. In autobus ascolto la musica sul mio iPhone. Ascolto una canzone nuova di un nuovo cantante, Prince Royce. Prince Royce è del Bronx, ed è dominicano e canta la canzone *Stand by me* in inglese e in spagnolo.

Quest'anno frequento una nuova scuola, il liceo di Westerly. Ho molte classi nuove: la biologia, la geometria, le scienze sociali, l'inglese, l'italiano, e il coro. E ovviamente ho anche l'educazione fisica. Ma non seguo il corso di informatica perché non mi piace molto la tecnologia.

In cartoleria compro il materiale per la scuola. Io ho le matite, ma devo comprare i quaderni, le cartelle, e una nuova calcolatrice. Trovo le cartelle e la calcolatrice, poi cerco i quaderni. All'improvviso vedo un ragazzo bello. Lui è magro e alto con i capelli biondi e gli occhi azzurri. Lui ha una camicia con il logo del calcio del liceo di Westerly. Interessante, forse è uno studente del liceo di Westerly?

Capitolo 5
Cooper

Ahi, Ahi, Ahi! Dove sono i quaderni? Ho la calcolatrice per la lezione di matematica con il professor Montanaro. La lezione di matematica AP è molto difficile, ma interessante. Il professor Montanaro è molto bravo e simpatico. Ho anche la carta e le matite. Ma non vedo i quaderni. Vedo i pennarelli e le gomme, ma non trovo i quaderni. In quel momento vedo una ragazza molto carina. È bassa e ha capelli neri lunghi e lisci. Lei ha anche gli occhi castani bellissimi e indossa una maglietta verde con il logo di Zuppardi. Lei ha le cartelle, le matite e i quaderni nel suo carrello...

—Ciao —dico

—Ciao —risponde lei.

—Anch'io ho bisogno dei quaderni per la scuola. Dove li hai trovati?

Con un grande sorriso, lei risponde.

—Sono nel reparto quattro.

—Bene! Grazie —dico io.

La ragazza non parla molto ma è molto simpatica. Ed è molto bella. Forse studia al liceo di Westerly?

Capitolo 6
Cooper

Sono in macchina per tornare a casa. Domani è il primo giorno di allenamento di calcio. Ho magliette nuove, pantaloncini nuovi, calzini nuovi e scarpe da calcio nuove.

—Ciao mamma. Ecco la tua carta di credito. Ho già il materiale scolastico. Cosa c'è per cena?

—Tuo padre non torna a casa fino alle nove. Tuo fratello è a casa di un suo amico, tua sorella è alla lezione di danza e io ceno con i miei amici. Ecco venti dollari per andare in pizzeria.

—Va bene. Dove è il mio zaino per il calcio? Domani ho l'allenamento.

—Il tuo zaino è qui. Hai tutto per l'allenamento.

—Bene. Grazie.

Con il mio iPhone mando un messaggio al mio amico, Kyle:

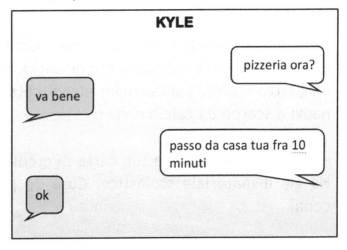

Mentre vado a casa di Kyle ascolto la radio in macchina. Alla radio sento la canzone di Prince Royce, *Stand by me*. Mi piace questa canzone. E il testo è eccellente. È la canzone del film *Stand by me* ma le parole sono in inglese e in spagnolo.

Kyle sale in macchina.

—Ciao —mi dice.

—Ciao —dico —La mia famiglia non è a casa per cena.

—Neanche i miei genitori sono a casa. È normale.

—Sì. Ma non mi piace. Mi piace cenare con la mia famiglia.

—Sì —risponde Cooper. —Domani c'è l'allenamento. Sei pronto?

—Sì. E tra due settimane iniziano le lezioni a scuola. Incredibile!

—Ma è il nostro ultimo anno al liceo. Bellissimo!

—Grande! Gelato dopo la pizza?

—Buon'idea.

Capitolo 7
Beatrice

Con il nuovo materiale scolastico prendo l'autobus per il mio appartamento a Westerly. Mi chiedo: chi è quel ragazzo? È molto bello con i capelli biondi e gli occhi azzurri. Studia al liceo di Westerly? Gioca a calcio? Spero di rivederlo ancora...

Quando arrivo a casa, saluto mia madre e le mie sorelline. Ho bisogno di organizzare i miei vestiti per il calcio domani perché è il primo giorno di allenamento. Nello zaino ho una maglietta, i pantaloncini, i calzini, le scarpe da calcio e una bottiglia d'acqua. Dopo l'allenamento vado a lavorare e ho anche la mia maglietta verde da lavoro nello zaino.

—Beaaaaaa —grida mia madre— ho bisogno del tuo aiuto in cucina—.

—Vengo subito mamma!

Vado in cucina e aiuto mia madre con la cena. Faccio un'insalata e lei cucina il pollo e le patate. In quel momento mio padre torna a casa, "Ciao famiglia!" Tra pochi minuti siamo a tavola per cena.

Capitolo 8
Beatrice

Porto lo zaino e cammino verso il liceo perché è vicino al mio appartamento. Quando arrivo, parlo con l'allenatrice - la signora Bianca. Spiego che sono nuova al liceo di Westerly, ma gioco a calcio molto bene.

—Ciao —lei dice. —Come ti chiami?

—Mi chiamo Beatrice —rispondo io.

—Benvenuta a Westerly. Devi correre con le ragazze della squadra.

—Va bene. Grazie.

Vado con il gruppo e corriamo in pista. Al campo vedo una persona... familiare? È bello e alto, e ha capelli biondi. È il ragazzo della cartoleria. Deve essere uno studente qui.

*****

Cooper

Sono le dieci di mattina. Giochiamo per due ore e siamo tutti stanchi.

Kyle mi parla.

—Guarda, la nuova ragazza. Lei corre velocemente.

—Si, lei è molto dinamica e molto bella – rispondo.

—Cosa fai stasera? —chiede Kyle

—Prima vado a fare allenamento con un istruttore privato. E dopo vado a giocare a basket al Greenwidge Club. Vuoi giocare?

—Si. D'accordo. Devi mandarmi un messaggio.

—OK.

*****

Beatrice

L'allenamento di calcio è molto faticoso. Dribblo molto bene con la palla e la signora Bianca dice "Bravissima, Beatrice!"

Dopo l'allenamento parlo con una delle ragazze. Il suo nome è Emily. Emily ha i capelli lunghi, castani e ricci.

—Ti chiami Beatrice? —mi chiede.

—Sì —le dico.

—Ciao. Mi chiamo Emily. E questa è la mia amica Caroline. Piacere!

Caroline è molto differente da Emily. È alta, molto magra e ha capelli biondi, molto lunghi e lisci.

—Ciao Caroline.

—Ciao Beatrice. Il tuo nome è molto interessante. Mi piace.

—Grazie. È un nome italiano. I miei genitori sono italiani. Anch'io sono nata in Italia —spiego.

—Davvero? Grande! Hai fratelli? —mi chiede Caroline.

—Tre. Un fratello maggiore e due sorelle minori.

—Anche la mia famiglia ha quattro figli —dice Caroline.

—I miei fratelli sono gemelli e hanno quindici anni e mia sorella minore ha otto anni.

—La tua famiglia parla italiano? —chiede Emily.

—Sì —rispondo. —Parliamo l'italiano a casa ma con i miei fratelli parliamo anche l'inglese.

—Bello —dicono Emily e Caroline.

—Bene, ragazze. Devo andare. Devo lavorare —spiego.

—Lavori? Dove?

—Lavoro alla Pizzeria Zuppardi. Sono una cameriera.

—Ok. Ciao.

—A domani! Ci vediamo a scuola.

Capitolo 9
Cooper

È il primo giorno di scuola. Frequento tutte le mie nuove lezioni e vedo i miei amici. Alla mensa a pranzo parliamo dell'estate e di sport. E ovviamente parliamo delle ragazze. Kyle non è qui e gli scrivo un messaggio:

Parlo con Matt, Ryan e Max. Sono i miei amici dalla terza elementare. Kyle gioca a calcio con me e Matt gioca a football americano. Ryan nuota durante l'inverno e Max... Max non pratica nessuno sport. È la persona intellettuale del gruppo. È molto intelligente.

—Quali lezioni hai quest'anno, Max?

—Ho matematica AP con il professor Coppock, la biologia AP con il professor T., la storia degli Stati Uniti con il professor Cabrera, la letteratura AP con la professoressa Ginn e l'italiano con l'insegnante pazzo, il Prof.

—Oooh. Hai molte classi difficili. Mi dispiace.

—Le classi sono facili per me. Sono molto intelligente.

—È la verità. Ma non sei molto intelligente con le ragazze! —dico io.

Ah! Ah! —dice Max.

Dall'altro lato della mensa vedo la nuova ragazza.

—Voglio parlare con la nuova ragazza —dico io. —Max, guarda e capisce.

*****

Beatrice

Sono alla mensa con le mie nuove amiche, Emily e Caroline. La nostra squadra di calcio è molto buona. Noi vogliamo partecipare al campionato di stato. All'improvviso vedo un ragazzo. Lui è il ragazzo di Staples, il ragazzo che gioca a calcio per la scuola di Westerly.

—Ciao —mi dice— Io sono Cooper—. Io guardo nei suoi occhi blu e rispondo:

—Ciao mi chiamo Beatrice.

—Piacere.

—Piacere mio.

—Sei nuova a scuola?

—Sì.

—Ti ho vista da Staples e ti ho vista con la tua squadra di calcio.

—Ah sì, da Staples.

Emily e Caroline sembrano molto curiose durante la nostra conversazione.

—Mi piace il tuo nome, è molto interessante —lui dice.

—Grazie, è un vecchio nome italiano.

—Vecchio? - chiede Cooper.
—Dante Alighieri, un grande autore italiano era innamorato di Beatrice. Così i miei genitori hanno deciso di chiamarmi Beatrice.

—Fantastico, quale è il tuo cognome?

—Il mio cognome è Campo. Campo è il cognome di mio padre. Il cognome di mia madre è De Leone. Però in Italia i figli hanno il cognome del padre. Una moglie non ha il cognome del marito in Italia. Quale è il tuo cognome?

—Il mio nome completo è David Cooper Benenson, come mio padre. Ma tutti mi chiamano Cooper o Coop.

—Proprio come il mio nome. Il mio nome è Beatrice ma i miei amici mi chiamano Bea. In Italia non è comune avere due nomi.

—Hai Snapchat, Bea?

—Sì, è il mio nome, Beatrice Campo.

—Va bene se ti scrivo un messaggio?

—Sì, mi piacerebbe.

—Bene, ora ho lezione.

—Anch'io, ci sentiamo allora.

—Certo, ciao Beatrice!

—Ciao Cooper!

In quel momento Caroline e Emily hanno molto da dire.

—Grande Beatrice, Cooper Benenson è il ragazzo più bello e popolare della scuola. Siamo gelose - ridono le ragazze.

*****

Cooper

—Coop! —mi dice Kyle—. Con chi parlavi?

—Lei si chiama Beatrice. È la ragazza nuova. È molto simpatica e ha degli occhi bellissimi.

—Ahi, ahi, ahi, Coop. Ogni anno c'è una ragazza nuova per te...

—No, Kyle. Quest'anno è differente per me.

—Tu lo dici ogni anno. Andiamo in classe...

Capitolo 10
Cooper

Scrivo a Beatrice su Snapchat.

Coop Benenson:
Ciao Bea. È stato un piacere parlare con te oggi. Ti piace Westerly?

Bea Campo:
Ciao. Sì, mi piace. Ci sono molte attività da fare qui?

Coop Benenson:
Ovvio. In primavera e in autunno, io e gli amici andiamo a nuotare al Lago Wintergreen. In estate, nuotiamo al mare. Quindi passiamo molto tempo a fare sport.

Bea Campo:
Interessante. Molte persone fanno lo sport a Westerly, giusto?

Coop Benenson:
Certo!

Bea Campo:
Cosa fai durante l'inverno?

Coop Benenson:
Beh, gioco a hockey con Kyle, Matt e Ryan.

Bea Campo:
Eh, grande!
Mi dispiace, ma devo portare fuori la spazzatura e prendermi cura della mia sorellina. Parliamo a scuola.

Coop Benenson:
Va bene. Ciao.

Bea Campo:
Ci vediamo Cooper.

Capitolo 11
Cooper

Domani c'è una festa alla discoteca Station. Tutti i miei amici vanno: Ryan, Max, Kyle e Matt. Vado anch'io ma voglio andare con Beatrice. La invito con un messaggio.

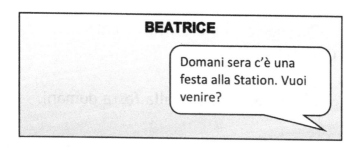

*****
Beatrice

Sono nella classe di matematica con il professor Coppock. È uno dei miei insegnanti preferiti. È molto simpatico e amichevole. Ricevo un messaggio sul telefono. È di Cooper. Vuole invitarmi alla festa domani alla discoteca Station.

Rispondo al testo quando il prof. Coppock mi parla:

—Beatrice, cosa fai? —interrompe il prof.

—Uh, scrivo un messaggio?

—Nella classe di matematica?

—Sì, prof. È molto importante —dico, emozionata.

—Perché è importante? —chiede il prof. Coppock.

—Un amico mi invita alla festa domani.

—Va bene —dice il prof. Coppock con un sorriso.

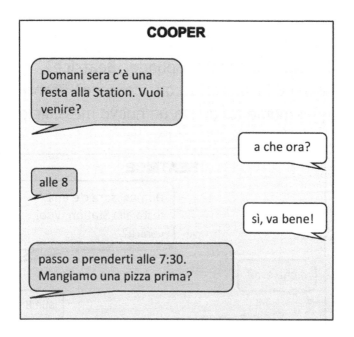

Con un sorriso preparo un messaggio a Cooper.

—Veloce, Beatrice —dice il prof. Coppock.

Non ho molto tempo per finire la conversazione. Immagino una notte fantastica ...

*****

Cooper

Perché non mi risponde Beatrice? Vuole andare in pizzeria con me o no? Proprio in quel momento arriva un nuovo messaggio:

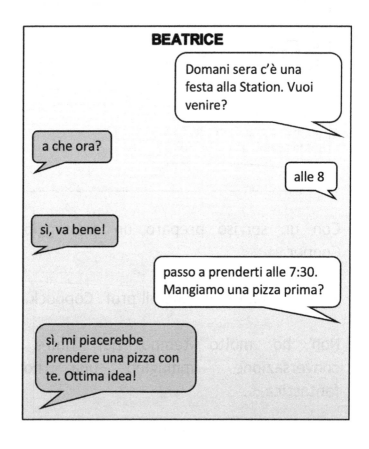

Capitolo 12
Cooper

È venerdì sera. Indosso i pantaloni beige e una nuova maglietta di Vineyard Vines. Mi piace la maglietta, soprattutto il colore. La maglietta è viola.

Prima di uscire da casa mando un messaggio a Bea.

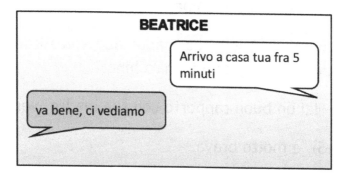

Vado all'appartamento di Beatrice, busso alla porta e mi presento a sua madre.

—Salve, signora De Leone. Il mio nome è Cooper. Esco con Beatrice stasera.

—Piacere, Cooper. Aspetta un attimo —dice la madre.

—Beaaaaaaaaa!

—Arrivo, mamma.

Beatrice viene alla porta e parla con sua madre per un momento.

—Ciao, mamma.

—Bea, devi essere a casa entro le 11:00.

—Ok. Grazie, mamma.

Beatrice bacia sua madre due volte e io e lei andiamo alla mia macchina.

—Hai un buon rapporto con tua madre, vero?

—Sì, è molto brava.

*****

Beatrice

Dopo la pizzeria, Cooper e io andiamo alla Discoteca Station. Ci sono molte persone. Alcuni ragazzi e ragazze ballano e altri parlano con gli amici. Cooper e io entriamo nella sala grande per trovare i nostri amici.

Kyle, Max e Ryan sono con Emily e Caroline. Parliamo di danza e musica.

—Com'è la musica? —chiedo alle ragazze.

— È perfetto stasera. Il DJ è Matt.

—Bene, vado a parlargli —dice Cooper.

Cooper va a parlare con Matt. In pochi minuti Matt mette su una canzone nuova di Alicia Keys e Alejandro Sanz, *Looking for Paradise*. Cooper prende la mia mano e mi invita a ballare. Che notte straordinaria!

Capitolo 13
Cooper

Stanotte Kyle, Max, Ryan, Matt ed io guardiamo una partita di calcio professionale. È una partita di qualificazione per la Coppa del Mondo di Rio de Janeiro nel 2014. Siamo a casa di Kyle quando Kyle menziona la cena speciale per la squadra di hockey. Kyle, Matt e io giochiamo nella stessa squadra.

—Dobbiamo rubare il cartellone dell'hockey per il regalo dell'allenatore G.

—Sì, certo! —dice Matt. —Andiamo dopo la partita.

*****

Beatrice

Tutti i ragazzi stasera vanno a casa di Kyle per vedere una partita di calcio. Emily, Caroline e io non vogliamo andare, quindi andiamo a fare shopping al centro commerciale. Ho i soldi del mio lavoro e voglio comprare un vestito nuovo da indossare a scuola.

Emily e Caroline hanno le carte di credito delle loro madri. Comprano molto più di me, ma non mi importa.

Al centro commerciale, andiamo prima al negozio GAP. Vediamo i pantaloni di tanti colori: rosso, giallo, verde, rosa e azzurro e di tutte le taglie: piccola, media e grande. Ci sono anche delle camicie arancioni, gialle, bianche e nere. Caroline guarda le cinture e ne prende due, una nera e una marrone.

—Quanto costano? —chiede Emily

—$50

—Buon prezzo —dice Caroline.

Un buon prezzo? Per una cintura? È molto costoso per me. Ma non dico niente. Vado a vedere i vestiti. Vedo un vestito bianco e blu che mi piace. Ha un nuovo prezzo. L'etichetta indica che il prezzo è ora $23.95. È un buon prezzo per un vestito.

Io e le ragazze paghiamo e poi andiamo da Abercrombie & Fitch. Abercrombie è vicino a GAP. La musica è molto forte e usciamo.

Dopo decidiamo di andare a H&M. Mi piace H&M perché i vestiti hanno molti colori e i prezzi sono buoni. Entriamo nel negozio. Guardo una bella gonna ma non mi piace il colore.

—Ho fame —dice Emily.

—Anch'io —dice Caroline.

—E ho bisogno di bere un po' d'acqua. Andiamo al Food Court —dice Emily.

Le ragazze ed io camminiamo verso l'altra parte del centro commerciale perché il Food Court è lontano da H&M.

Capitolo 14
Beatrice

Ora io e Cooper siamo amici. Noi passiamo molto tempo insieme a scuola e anche durante il fine settimana. Non sono sorpresa quando ricevo un messaggio su Snapchat venerdì sera:

Coop Benenson:
    Ciao Bea. Cosa fai sabato?

Gli scrivo un messaggio:

Bea Campo:
    Ciao Cooper. Devo andare a New York per visitare mia zia. Vuoi venire con me?

Mia zia è la sorella di mio padre e si chiama Anna. Lei è la mia zia preferita. Ha trentacinque anni e vive a Little Italy con suo marito, Ettore, che è dominicano e americano. Hanno due figli, Sofia e Matteo, che sono i miei cugini. Sofia ha solo sei anni e Matteo ha quattro anni. Hanno molta energia!

Arriva un messaggio sul mio telefono:

Coop Benenson:
Mi piacerebbe andare con te.

Little Italy, o Piccola Italia è un quartiere di New York dove vivono molti immigrati. Ci sono portoricani, dominicani, afroamericani, italiani ed ebrei. È una zona multiculturale.

Capitolo 15
Cooper

Il giorno del viaggio a Little Italy, Beatrice ed io prendiamo il treno Metro North dalla stazione di Westerly. Compriamo i biglietti e aspettiamo il treno sul binario. In pochi minuti il treno arriva e noi saliamo. Noi parliamo e guardiamo il panorama per le quattro ore necessarie per arrivare a New York.

—Che cosa facciamo a New York Bea?

—Cooper, ho un ottimo piano per la nostra giornata. Allora, prima andiamo a piedi al museo del quartiere per vedere tutta l'arte dei famosi artisti italiani. Il museo è aperto mercoledì, giovedì, venerdì e sabato. Ma è chiuso la domenica, il lunedì, e il martedì. Dopo guardiamo i murali degli altri artisti. I murali sono sugli edifici che sono nel quartiere.

—Interessante —dice Cooper.

Beatrice e io sentiamo l'annuncio "Stazione Grand Central" e scendiamo. Andiamo al museo e vediamo molte opere d'arte. Sono di molti colori. Molte sono immagini della tipica vita del quartiere, ma ci sono anche altre opere. Andiamo al museo e poi camminiamo fino all'appartamento degli zii di Beatrice. Quando camminiamo, Bea mi spiega i murali del quartiere.

Noi dobbiamo portare un regalo agli zii, così entriamo in una bottega. C'è tutto nella bottega: frutta, verdura, latte e fiori. Noi compriamo i fiori per sua zia e i dolci per i bambini. Nell'appartamento di zia Anna e zio Ettore parliamo molto e i bambini disegnano con i pennarelli. Mangiamo la bruschetta preparata da zia Anna. La bruschetta è molto gustosa. Sul treno di ritorno Beatrice e io ci riposiamo. Noi abbiamo passato una giornata bellissima a Little Italy, una zona di New York completamente nuova per me.

Capitolo 16
Beatrice

È la settimana delle vacanze di febbraio. Devo lavorare tre giorni questa settimana. Venerdì mattina sono al lavoro quando vedo Cooper e la sua famiglia entrare da Zuppardi.

—Ciao Cooper.

—Ciao Bea. Ti presento la mia famiglia. Questa è mia madre, Mitzi. Questo è mio padre Chip e questa è mia sorella Caitlin e lui è mio fratello Sam.

—Ciao! Piacere!

—Ciao. Possiamo vedere il menù? dice il padre di Cooper.

—Ah, sì... aspetti un minuto.

Sono sorpresa. I genitori di Cooper non mi parlano. Non mi guardano. È un problema e sono triste.

La famiglia Benenson fa colazione ed esce. Cooper mi parla.

—Ciao, Bea. Ti mando un messaggio più tardi.

—Ciao Cooper.

*****

Cooper

Dopo il nostro ritorno da Zuppardi, mia madre e mio padre mi parlano.

—La tua amica è di famiglia umile —dice mia madre.

—Sì, Coop. Non hai bisogno dei problemi —dice padre.

—Problemi? Che problemi? Beatrice è la mia ragazza e non è un problema.

—Cooper, non sei della sua classe sociale. Hai bisogno di uscire con un altro tipo di ragazza.

—No! Mi piace Beatrice. È la mia ragazza!

Dopo questo, ho molti problemi con i miei genitori. E ne avrò molti di più. È terribile.

Capitolo 17

Beatrice

Il Diario di

martedì, 22 febbraio

RAPINA DI UN CARTELLO

Alcuni studenti del liceo di Westerly

—Beaaaaaa —mia madre urla.

—Arrivooooooo!

Vado in cucina dove c'è mia madre.

—Beatrice, i ragazzi qui sul giornale, sono i tuoi amici?

—Cosa? —dico a mia madre.

Ho letto l'articolo che spiega che Kyle, Matt, Max e Cooper hanno rubato il cartellone della squadra di hockey.

—Mamma, non è vero. C'è una spiegazione.

—Beatrice, non siamo venuti negli Stati Uniti per avere problemi. Siamo qui per avere una vita migliore.

—Lo so, mamma. Cooper e i suoi amici non sono cattivi ragazzi. Sono bravi.

—Bea, non puoi più vedere Cooper.

—Ma è il mio ragazzo! È il mio fidanzato!

Di notte scrivo un messaggio a Cooper.

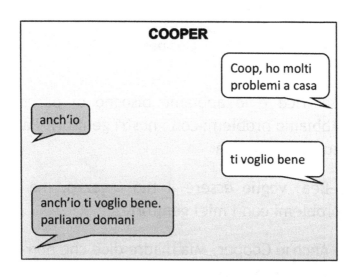

Capitolo 18
Cooper

Beatrice e io abbiamo bisogno di parlare. Abbiamo problemi con i nostri genitori. Parlo con Bea a scuola.

—Bea, voglio essere il tuo ragazzo, ma ho problemi con i miei genitori.

—Anch'io Cooper. Mia madre dice che non sei un bravo ragazzo.

—La situazione è orribile. Cosa facciamo?

—Non lo so.

*****

Beatrice

Dopo la conversazione tra me e Cooper, vado nella classe della mia insegnante preferita. È la mia insegnante di italiano.

—Prof Martinez, ho un grande problema.

—Cosa c'è, Bea?

—Cooper è il mio ragazzo, ma mia madre dice che non è un bravo ragazzo a causa del problema del cartellone. E i suoi genitori non mi accettano perché sono italiana. La prof. Martinez capisce bene. Suo marito è messicano. Mi parla.

—Bea, devi parlare con i tuoi genitori. Devono capire la situazione. Cooper è una brava persona. E anche tu sei una brava persona.

—Grazie prof.

Quando sono nella sua classe ascolto una canzone. La prof. Martinez ama la musica e noi ascoltiamo sempre musica italiana nella sua classe. È una recente canzone di Jovanotti chiamata *Oh, Vita!*

*****

Cooper

Kyle e io siamo alla mensa. Abbiamo una pausa; non abbiamo classe. Parlo con Kyle dei problemi con Beatrice. Kyle ascolta ma non dice molto. Lui mi mostra una canzone con testi in inglese e italiano. Si chiama *Oh, Vita!* Ho bisogno della fortuna adesso.

Mi piace la canzone. È una canzone perfetta per me e Beatrice... ho un'idea. Stasera parlerò con i miei genitori.

A casa dopo cena parlo con i miei genitori dei commenti che hanno fatto su Beatrice.

—Mamma, papà, voglio parlarvi di Beatrice. È la mia ragazza, ma è ovvio che voi avete un problema con lei. Perché?

Mio padre parla per primo:

—Coop. Tua madre ed io siamo preoccupati per te. Le persone in questa città parlano molto.

—Sì —dice mia madre— alla gente non piacciono persone differenti.

—Ma, mamma, papà, Beatrice è una persona. Sì, è differente, ma è una brava persona. E, secondo me, è necessario essere gentili con TUTTE le persone.

Mio padre pensa, mi guarda e parla di nuovo:

—Cooper. Sei un buon ragazzo e una buona persona. Siamo molto fieri di te. Tu hai ragione. Le persone sono tutte uguali. Non importano le differenze.

Mia madre dice:

—Sì Cooper. Sei bravo. Grazie per questa lezione. Hai progetti per il ballo di fine anno? Devi invitare Beatrice. E io e tuo padre faremo una festa per tutti i genitori dei tuoi amici quella sera.

—Oh, mamma e papà, grazie. Siete entrambi fantastici!

Capitolo 19
Cooper

È un giorno freddo di aprile. Di solito ad aprile è fresco e ventoso. Ma oggi fa freddo e nevica. È molto raro. Di solito nevica a dicembre, gennaio, febbraio e marzo. Non nevica ad aprile. È un giorno grigio. Non parlo con Beatrice da alcuni giorni. Ma voglio parlarle. Voglio invitare Beatrice al ballo di fine anno. Ho un'idea. Scrivo un messaggio a Kyle. Deve aiutarmi.

Vado al campo di football americano. Cammino nella neve e scrivo a lettere maiuscole "PROM?" Beatrice è nella sua classe d'arte. Kyle entra in classe per parlarle.

*****

Beatrice

È un giorno orribile. Non c'è il sole e non fa caldo. Nevica. Sono nella mia classe d'arte. Non parlo con Cooper da molto tempo. Sono molto triste oggi.

All'improvviso, Kyle entra nella mia classe e mi porta alla finestra. Kyle mi dice:

—Guarda!

Nella neve in mezzo al campo, vedo la parola "PROM?" E vedo anche Cooper. Ha dei fiori in mano. Immediatamente, gli scrivo un messaggio.

—Sìììììì!

Capitolo 20
Beatrice

Il Diario di

martedì, 15 aprile

Cartellone rubato come rega

Gli studenti che hanno   preso il cartellone   Rei
                                                    fol

È la fine di maggio, il giorno del ballo. Non ho più problemi con i miei genitori. Leggono il giornale e ora sanno che i ragazzi hanno rubato il cartellone come regalo per il loro allenatore. Tra pochi minuti io e i miei genitori andiamo a casa di Cooper per fare qualche foto prima di andare al ballo di fine anno.

E mentre noi mangiamo e balliamo al *prom*, tutti i genitori cenano a casa dei Benenson. Mia mamma prepara la bruschetta e le pizzette per la cena.

Facciamo molte foto a casa di Cooper. Poi tutti i miei amici ed io andiamo in limousine al W Hotel di Greenwood Club.

*****

È una notte bellissima. Mangiamo poco e balliamo molto. A fine serata il deejay annuncia:

—Questa canzone è per Cooper e Beatrice. È una canzone molto speciale. È la canzone, *Più bella cosa* di Eros Ramazzotti, un cantante molto popolare in Italia.

Cooper e io abbiamo ballato tutta la notte. La vita è bella. Molto bella.

GLOSSARIO

A

a(d) - at, to, in
agli, ai, al, all', alla, alle, allo - at the, to the, in the
abbiamo - we have
Abercrombie & Fitch- clothing store catering to adolescents
accettano - they accept
acqua - water
adesso - now
adoro - I adore, love
afroamericano/a/i/e- African American
aiutarmi - to help me
aiuto - I help
alcuni/e - some
allenamento - practice, training
allenatore/-trice coach
allora - well, then, so
alto/a/i/e - tall
altro/a/i/e - other, another
ama - he/she/it loves
americano/a/i/e - American
amico/a - friend

amichevole - friendly
amici/amiche - friends
amo - I love
anch'io - me too, I also
anche - also
ancora - still, again
andare - to go
andiamo - we go, let's go
anno/i - year(s)
annuncia - he/she/it announces
annuncio - announcement
AP - advanced placement
aperto - open
appartamento - apartment
aprile - April
arancione/i - orange
arriva - he/she/it arrives
arrivare - to arrive
arrivo - I arrive
arte - art
articolo - article
artista/i - artist(s)
ascolta - he/she/it listens

ascoltiamo - we
    listen
ascolto - I listen
aspetta - wait
aspetti - wait
aspettiamo - we wait
atletico/a/i/e -
    athletic
attimo - moment
attività - activities
autobus - bus
autore - author
autunno - autumn
avere - to have
avete - you (pl) have
avrò - I will have
azzurro/a/i/e - light
    blue

B

bacia - he/she/it
    kisses
ballano - they dance
ballare - to dance
ballato - danced
balliamo - we dance,
    let's dance
ballo - dance (n)
bambini - little kids
banca - bank
basket - basketball
basso/a/i/e - short
beige - beige, khaki
bello/a/i/e - pretty,
    beautiful, good
    looking; "cool,

nice" - comment
    used to respond
    positively to
    another comment
    or information
bellissimo/a/i/e -
    very beautiful,
    handsome, good
    looking
bene - well, OK
benvenuto/a/i/e -
    welcome
bere - to drink
bianco/a/hi/he -
    white
biglietti - tickets
binario -
    track, platform
biologia - biology
biondo/a/i/e - blond
bisogno - need
bistecca - steak
blu - blue
bottega - shop (n)
bottiglia - bottle
bravo/a/i/e -
    good, talented
bravissimo/a/i/e -
    great
bruschetta - toast
    with different
    toppings
buon/buono/a/i/e -
    good
busso - I knock

C

c'è - there is
calcio - soccer
calcolatrice - calculator
caldo/a/i/e - hot
calzini - socks
camera/e - bedroom(s)
cameriera - waitress
camicia/e - shirt(s)
camminiamo - we walk, let's walk
cammino - I walk
campionato - championship
campo - field
canta - he/she/it sings
cantante - singer
canzone - song
capelli - hair
capire - to understand
capisce - he/she/it understands
carina - cute
carrello - carriage
carta - paper
carta/e di credito - credit card(s)
cartelle - folders
cartellone - sign
cartoleria - stationary store

casa(e) - house(s)
castani - brown (hair/eyes)
cattivo/a/i/e - bad
(a) causa - because
cena - dinner
cenano - they have dinner
cenare - to have dinner
ceno - I have dinner
centro - center
cerco - I look for
certo - certain, certainly
che - what, that
chi - who
chiama - he/she/it calls
(si) chiama - is called, named
chiamano - they call
chiamarmi - to call me
chiamata - is called, named
chiami - you call
(ti) chiami - you are called, named
chiamo - I call
(mi) chiamo - I'm called, named
chiede - he/she/it asks
chiedo - I ask
chiuso - closed

ci - there
ciao - hi, hello, bye
cibo - food
cinese - Chinese
cinque - five
cintura/e - belt(s)
città - city
classe/i - class(es)
classico/a/i/e - classical
club - club
cognome - last name, surname
colazione - breakfast
colore/i - color(s)
come - how, like, what
commento/i - comment(s)
commerciale - commercial
compagnia - company
completamente - completely
completo/a/i/e - complete, entire
comprano - they buy
comprare - to buy
compriamo - we buy, let's buy
compro - I buy
comune - common
con - with
conversazione - conversation

coppa - cup
coro - chorus
corre - he/she/it runs
correre - to run
corriamo - we run, let's run
corso - course
cosa/e - what, thing(s)
costano - they cost
costoso/a/i/e - expensive, costly
costruzioni - construction
credito - credit
cucina - kitchen
cugino/a/i/e - cousin(s)
cura - care
curioso/a/i/e - curious

D
d' - of
d'accordo - ok
da - by, from, to, at
dagli, dai, dal, dall', dalla, dalle, dallo - from the, by the
danza - dance
davvero - really(?)
decidiamo - we decide, let's decide

deciso - decided
deejay - deejay
(di) degli, dei, del, dell', della, delle, dello - of the, from the
deve - he/she/it must, should, have to
devi - you must, should, have to
devo - I must, should, have to
devono - they must, should, have to
di - of, from
di solito - usually
dice - he/she/it says, tells
dicembre - December
dici - you say, tell
diciannove - nineteen
diciassette - seventeen
dico - I say, tell
dicono - they say, tell
dieci - ten
differente/i - different
differenza/e - difference(s)
difficile/i - difficult
dinamico/a/i/e - dynamic

dire - to say, tell
direttore - director
discoteca - dance club
disegnano - they draw
dispiace - sorry
dobbiamo - we must, should, have to
dodici - twelve
dolci - sweets, candies
dollari - dollars
domani - tomorrow
domenica - Sunday
dominicano/a/i/e - Dominican
donna - woman
dopo - after, later
dove - where
dribblo - I dribble
due - two
durante - during

E
e(d) - and
è - is
ebrei - Jews
eccellenti - excellent
ecco - here is / there is, here are / there are
edificio/i - buildings
educazione - education

elementare - elementary

emozionato/a/i/e - excited

energia - energy

entra - he/she/it enters

entrambi - both

entrare - to enter

entriamo - we enter, let's enter

entro - I enter

era - was

esce - he/she/it leaves, goes out

esco - I leave, go out

esigente/i – demanding

essere - to be

estate - summer

etichetta - tag, label

F

fa - he/she/it does/makes; ago

facciamo - we do/make, let's do/make

faccio - I do, make

facile/i - easy

fai - you do, make

fame - hunger

famiglia/e - family(ies)

famoso/a/i/e - famous

fanno - they do, make

fantastico/a/i/e - fantastic

fare - to do, make

faremo - we will do, make

faticoso/a/i/e - exhausting

fatto - made, did

febbraio - February

festa - party

fidanzato/a - boyfriend, girlfriend

fiero/a/i/e - proud

figli - sons and daughters, kids

film - film, movie

fine - end

fine settimana - weekend

finestra - window

finire - to finish, to end

fino - until

fiorentina - Florentine

fiore/i - flower(s)

fisica - physical

football (americano) - (American) football

forse - maybe, perhaps

forte/i - strong

fortuna - luck, fortune

foto - photo, picture

fra - within, among, between

fratelli - brothers, brothers and sisters, siblings

fratellino - little brother

fratello - brother

freddo/a/i/e - cold

frequenta - he/she/it attends (goes to)

frequento - I attend (go to)

fresco - fresh, cool

frutta - fruit

fuori - outside

G

gelato - ice cream

geloso/a/i/e - jealous

gemelli - twins

genitori - parents

gennaio - January

gente - people(s)

gentile/i - kind, nice

geometria - Geometry

giallo/a/i/e - yellow

giapponese - Japanese

gioca - he/she/it plays (sport/game)

giocare - to play (sport/game)

giochiamo - we play, let's play (sport/game)

gioco - I play (sport/game)

giornale - newspaper

giornata - day

giorno/i - day(s)

giovedì - Thursday

giusto - right, just

gli - the

gomma/e - eraser(s)

gonna - skirt

grande/i - big, great

grasso/a/i/e - fat

grazie - thank you

grida - he/she/it yells

grigio/a/i/e - grey

gruppo - group

guarda - he/she/it looks at, watches

guardano - they look at, watch

guardiamo - we look at, watch

guardo - I look at, watch

gustoso/a/i/e - tasty

H

ha - he/she/it has

hai - you have

hanno - they have
ho - I have
hockey - hockey
hotel - hotel

I
i, il - the
idea - idea
immagino - I imagine
immagino/i -
    image(s) (n)
immediatamente -
    immediately
immigrati -
    immigrants
importa - is
    important
importano – are
    important
importante -
    important
(all')improvviso -
    suddenly
in - in/at/to
incredibile -
    incredible
indica - he/she/it
    points out
indossa - he/she/it
    wears
indossare - to wear
indosso - I wear
informatica -
    Computer Science
inglese - English

iniziano - they begin,
    start
innamorato - in love
insalata - salad
insegnante/i -
    teacher(s)
insieme - together

intellettuale -
    intellectual
intelligente -
    intelligent, smart
interessante -
    interesting
interrompe - to
    interrupt
inverno - winter
invita - he/she/it
    invites
invitare - to invite
invitarmi - to invite
    me
invito - I invite
io - I
istruttore -
    instructor
Italia - Italy
italiano/a/i/e -
    Italian

L
l', la, le, lo - the
lago - lake
lato - side
latte - milk

lavora - he/she/it works
lavorare - to work
lavori - you work
lavoro - work (n)
lavoro - I work
leggono - they read
lei - she
letteratura - literature
lettere - letters
letto - bed;
letto - read (past tense of "to read")
lezione/i - lesson(s)
lì - there
liceo - high school
limousine - limousine
lisci - smooth
locale - local
logo - logo
lontano - far
loro - they
lui - he
lunedì - Monday
lungo/a/hi/he - long

M

ma - but
macchina/e - car(s)
madre - mother
madri - mothers
maggio - May
maggiore - older

maglietta/e - T-shirt(s)
magro/a/i/e - slim, slender, thin
maiuscolo/a/i/e - capital (letters)
mamma - mom
mandarmi - to send me
mando - I send
mangiamo - we eat, let's eat
mangiare - to eat
mano - hand
marito - husband
marrone - brown
martedì - Tuesday
marzo - March
matematica - Math
materiale - supplies, materials
matita/e - pencil(s)
mattina - morning
me - me
media - middle
mensa - cafeteria
mentre - while
menziona - he/she/it mentions
mercoledì - Wednesday
messaggio - message
messicano - Mexican
mette - he/she/it puts

mezzo - middle, half
mi - me, to/for me
mia, mie, miei, mio- my
migliore/i - better
minore/i - younger
minuto/i - minute(s)
moglie - wife
molto - very, a lot
molto/a/i/e - much, many, a lot
moltissimo - very much
momento - moment
mondo - world
mostra - he/she/it shows
multiculturale - multicultural
murale/i - mural(s)
museo - museum
musica - music

N

nato/a - was born
nazionale - national
ne - of them
neanche - not even
necessario/a/i/e - necessary
(in) **negli, nei, nel, nell', nella, nelle, nello** - in the, at the, to the
negozio - shop, store
nero/a/i/e - black

nessun/o - no, none
neve - snow
nevica - it's snowing
niente - nothing
no - no
noi - we
nome/i - name(s)
non - not
normale - normal
nostro/a/i/e - our
notte - night
nove - nine
nuota - he/she/it swims
nuotare - to swim
nuotiamo - we swim, let's swim
nuovo/a/i/e - new

O

o - or
occhio/i - eye(s)
oggi - today
ogni - each, every
opera/e - work(s) (of art)
ora - hour, now
ore - hours
organizzare - to organize
originariamente - originally
orribile - horrible
ottimo - great
otto - eight

ovviamente – obviously

ovvio – obvious, obviously

P

padre - father

pagare - to pay for

pagarsi - to pay for

paghiamo - we pay for, let's pay for

palla - ball

panorama – panorama

pantaloncini - shorts

pantaloni - pants

papà - dad

parla - he/she/it speaks, talks

parlano - they speak, talk

parlare - to speak, talk

parlargli - to speak, talk to him/them

parlarle - to speak, talk to her

parlarvi - to speak, talk to you (pl)

parlavi - you were speaking, talking

parlerò - I will speak, talk

parliamo - we speak, talk, let's speak, talk

parlo - I speak, talk

parola/e - word(s)

parte - he/she/it leaves

partecipare - to participate

partita - game, match

passato – passed, spent

passiamo - we pass, we spend

patata/e - potato(es)

pausa - break

pazzo/a/i/e - crazy

pennarello/i - marker(s)

penna/e - pen(s)

pensa - he/she/it thinks

per - for, to, in order to

perché - because, why

perfetto/a/i/e – perfect

persona/e – person, people

pesce - fish

piacciono - like(s)

piace - like(s)

piacere - to like

piacerebbe - would like

piano - plan

piatto/i - dish(es)

piccolo/a/i/e - small, little
piedi - feet
pista - track
pizza - pizza
pizzeria – pizzeria
pizzetta/e - mini pizza(s)
po' - a little
poco/a/hi/he - few, little
poi - then
polenta - cornmeal porridge
pollo - chicken
pop - pop
popolare - popular
porta - door (n)
porta - he/she/it brings, wears, carries
portare - to bring, wear, carry
porto - I bring, wear, carry
portoricani - Puerto Rican
possiamo – we can, may
pranzo - lunch
pratica - he/she/it play (sport)
pratico - I play (sport)
preferito/a/i/e - favorite

prende - he/she/it takes
prendermi - to take
prendiamo - we take, let's take
prendo - I take
prendono - they take
preoccupato/a/i/e - worried

prepara - he/she/it prepares
preparata - prepared
preparo - I prepare
presento - I introduce
prezzo/i - price(s)
prima - first, before
primavera - Spring
primo - first, before
privato/a/i/e - private
problema/i - problem(s)
prof. - teacher; used as a title and when addressing a teacher
professionale - professional
professor(e)/ professoressa - teacher (m/f)
progetti - plan
prom - school dance usually at the end of the year

pronto - ready
proprio – just
pulisce - he/she/it cleans
pulizie - cleaning (n)
puoi - you can, may

Q

quale/i - which, what
qualche - some
qualificazione - qualification
quando - when
quanto/a/i/e – how much, how many
quarantacinque forty-five
quarantasette - forty-seven
quartiere - neighborhood
quattordici - fourteen
quattro - four
quegli, quei, quelle - those
quel, quell', quella, quello - that
quest', questa/o - this
queste/i - these
qui - here
quindi - so, therefore
quindici - fifteen

R

radio - radio
ragazza - girl, girlfriend
ragazzi/e - boys, girls
ragazzo - boy, boyfriend
(avere) ragione - (to be) right
Eros Ramazzotti - Italian singer
rapporto - relationship
raro/a/i/e - rare
recente - recent
regalo - gift
reparto - department
ricci - curly
ricevo - I receive, I get
ridono - they laugh
riposiamo - we rest, relax
risponde - he/she/it answers, responds
rispondo - I answer, respond
ristorante - restaurant
ritorno - return (n)
rivederlo - to see him again
rock - rock
romano/a/i/e - roman

rosa - pink
rosso/a/i/e - red
rubare - to steal
rubato - stole, stolen

S

sabato - Saturday
sala - room, living room
sale - he/she/it gets in, on
saliamo - we get in, on
saluto - I greet, say 'hi' to
salve - hi, hello
sanno - they know
scarpe - shoes
scendiamo - we get out, off, down
scienze - science
scolastico - school (adj)
scrivo - I write
scuola/e - school(s)
scuro/a/i/e - dark
se - if
secondo - according to
sedici - sixteen
seguo - I take, follow
sei - six; you are
sembrano - they seem
sempre - always
sentiamo - we hear

(ci sentiamo) –
colloquial - let's talk
sento - I hear
sera - evening
serata - evening
sette - seven
settimana/e – week(s)
shopping – shopping
si (chiama) - is called, named
siamo - we are
siete - you (pl) are
signora – Mrs., ma'am
simpatico/a/i/e – nice
situazione - situation
Snapchat - social media platform
so – I know
sociale/i - social
soldi - money
sole - sun
(di) solito - usually
solo - only, just
sono - I am, they are
sorella/e - sister(s)
sorellina/e – little sister(s)
sorpresa - surprise
sorriso - smile
spagnolo - Spanish
spazzatura – trash, garbage
speciale/i - special

spero – I hope
spiega – he/she/it explains
spiegazione – explanation
spiego – I explain
sport – sport(s)
squadra – team
stanco/a/hi/he – tired
stanotte – tonight
Staples – office supply store
stasera – this evening
Stati (Uniti) – United States
Station – name of dance club
stato – state
(è) stato – it was
stazione – station
stesso/a/i/e – same
storia – History
straordinaria – extraordinary
studente/essa – student
studia – he/she/it studies
su – on
sugli, sui, sul, sull', sulla, sulle, sullo – on the
sua, sue, suo, suoi – his, her
subito – immediately
sud – south

T

taglie – sizes
tanto/a/i/e – so, so much, so many
tardi – late
tavola – table
te – you
tecnologia – technology
telefono – phone
tempo – time, weather
terribile – terrible
terza – third
testo/i – text, lyrics
ti – you, to/for you
tipico/a/i/e – typical
tipo/a/i/e – type
torna – he/she/it returns
tornare – return
tra – within, between, among
tre – three
treno – train
trentacinque – thirty-five
triste – sad
trovare – to find
trovati – found
trovo – I find
tu – you
tua, tue, tuo, tuoi – your
tutto/a/i/e – all, everything/one

U

UCONN -
University of Connecticut
uguale/i - equal
ultimo/a/i/e - last
umane - human
un, un', una, uno -
a, an, on
undici - eleven
uniti - united
università -
university
urla - he/she/it shouts
usciamo - we leave, go out
uscire - to leave, to go out

V

va - he/she/it goes
va bene - OK
vacanze - vacation
vado - I go
vanno - they go
vecchio/a/i/e - old
vedere - to see
vediamo - we see, let's see
vedo - I see
veloce/i - fast, quick
velocemente -
quickly
venerdì - Friday

vengo - I come
venire - to come
venti - 20
ventoso - windy
venuti - came
verde/i - green
verdura - vegetable
verità - truth
vero - true
verso - toward
vestiti - clothes
vestito - dress
viaggio - trip
vicino - near
viene - he/she/it comes
Vineyard Vines -
clothing brand
viola - purple
visitare - to visit
visto - saw
vita - life
vive - he/she/it lives
vivo - I live
vivono - they live
vogliamo - we want
voglio - I want
voi - you (pl)
volontariato -
volunteer work
volta/e - time(s)
vuoi - you want
vuole - he/she/it wants

X

x – per (text slang) - by, for

xk - perché - (text slang) why

Z

zaino - backpack

zia/o - aunt/uncle

zii - aunt and uncle, aunts and uncles, uncles

zona - zone, area

zuppa - soup

6 - sei - (text slang) – you are, are you

ABOUT THE AUTHOR

Jennifer Degenhardt taught high school Spanish for over 20 years and now teaches at the college level. At the time she realized her own high school students, many of whom had learning challenges, acquired language best through stories, so she began to write ones that she thought would appeal to them. She has been writing ever since.

Other titles by Jen Degenhardt:

La chica nueva | La Nouvelle Fille | <u>The New Girl</u> | Das Neue Mädchen | La nuova ragazza
La chica nueva (the ancillary/workbook volume, Kindle book, audiobook)
Chuchotenango | *La terre des chiens errants*
Pesas
El jersey | <u>The Jersey</u> | *Le Maillot*
La mochila | <u>The Backpack</u> | *Le sac à dos*
Moviendo montañas | *Déplacer les montagnes*
La vida es complicada | *La vie est compliquée*
Quince | <u>Fifteen</u>
El viaje difícil | *Un Voyage Difficile* | <u>A Difficult Journey</u>
La niñera
Fue un viaje difícil
Con (un poco de) ayuda de mis amigos
La última prueba

Los tres amigos | <u>Three Friends</u> | *Drei Freunde* | *Les Trois Amis*
María María: un cuento de un huracán | <u>María María: A Story of a Storm</u> | Maria Maria: un histoire d'un orage
Debido a la tormenta
La lucha de la vida | <u>The Fight of His Life</u>
Secretos
Como vuela la pelota

@JenniferDegenh1

@jendegenhardt9

@puenteslanguage &
World LanguageTeaching Stories (group)

Visit <u>www.puenteslanguage.com</u> to sign up to receive information on new releases and other events.

Check out all titles as ebooks with audio on <u>www.digilangua.co</u>.

ABOUT THE TRANSLATORS

Is it cool that a group of high school language students translated this book? Yes. Yes, it is. What's even cooler, though, is that the students worked from a manuscript of the story in Spanish. You see, some of the students in the class were native/heritage speakers of Spanish and their teacher, Anna Porto, wanted them to be able to share with the rest of the class talents that they already had. And they did all of this while maintaining social distancing and wearing masks. They are amazing.

ABOUT THE COVER ARTIST

Katherine Archambault is a talented artist pursuing an education in so many ways. When she is not in school, she is working as an online gaming content creator, and of course, making the world a little bit more beautiful with her art.

Made in the USA
Middletown, DE
05 November 2023